AF234231

CATALOGUE

DE

TABLEAUX ANCIENS

DES ÉCOLES

HOLLANDAISE, FLAMANDE, FRANÇAISE ET ITALIENNE

FORMANT EN MAJEURE PARTIE

La Collection de M. Paul K...

ET

QUELQUES TABLEAUX MODERNES

DONT LA VENTE AURA LIEU

HOTEL DROUOT, SALLE N° 1

Le Mercredi 26 Novembre 1879

A DEUX HEURES

COMMISSAIRE-PRISEUR

M° E. BERTHELIN, SUCCESSEUR DE M° CHARLES OUDART

Rue Le Peletier, 29

EXPERT

M. BLOCHE, BOULEVARD MONTMARTRE, 19

Chez lesquels on trouve le présent Catalogue

EXPOSITION PUBLIQUE

LE MARDI 25 NOVEMBRE 1879, DE 1 HEURE 1/2 A 5 HEURES 1/2

CONDITIONS DE LA VENTE

Elle sera faite au comptant.

Les adjudicataires payeront *cinq centimes par franc* en sus des enchères, applicables aux frais.

———————

L'Exposition mettant les adjudicataires à même de se rendre compte de l'état et de la nature des objets, il ne sera admis aucune réclamation une fois l'adjudication prononcée.

DÉSIGNATION

ANDRIEUX (*Signé*)

1. — Chevaux à l'abreuvoir.

BACKER (*Attribué à* JACOB VAN)

2. — Vénus.

BREENBERG (BARTHOLOMÉ)

3. — Diane et les Nymphes dans un riant paysage.

BACKHUYSEN (*Attribué à* LUDOLPH)

4. — Marine. Temps calme.

BACKHUYSEN (*Attribué à* LUDOLPH)

5. — Marine. Temps d'orage.
Pendant du précédent.

BAZIN

6. — Portrait de femme.

BOELLY (*Attribué à*)

7. — Portrait.

BOTH (*Genre de* J.)

8. — Paysage.

CALAMATTA

9. — Masque de Napoléon Ier. Gravure avant la lettre.

CHAMPAGNE (*Attribué à* PH. DE)

10. — Portrait de Mazarin.

CHOMET

11. — Vue de Rome.

CORNÉLIADE (*Signé* DE CORNÉLIUS)

12. — La Fortune.

CONCA (Sébastien)

13. — L'Adoration des Mages.

> A droite, la Vierge, entourée des anges, présente son divin
> Fils aux rois mages qui s'approchent en s'inclinant.
> Provient de la collection du cardinal Jeckhi.

DECAMPS

14. — Marine.

DELVIN (J.)

15. — Intérieur de bergerie.

> Moutons et brebis faient affolés à la vue d'un coq et d'une
> poule.

DEMARNE (*Attribué à*)

16. — Portrait de Mlle Fanchette.

VAN DYCK (*Genre de*)

17. — Christ en croix.

ÉCOLE ALLEMANDE

18. — Portrait de Frédéric le Bon, grand-duc de Saxe.

ÉCOLE ALLEMANDE

19. — Portrait du duc Ernest.

20. — Portrait du duc Albert.

21. — Portrait de Kunz de Kauffungen.

22. — Portrait de Georges Schmidt.

ÉCOLE ALLEMANDE

23. — Nature morte.

ÉCOLE ESPAGNOLE

24-25. — Natures mortes. Deux pendants.

ÉCOLE FLAMANDE

26. — Fleurs.

ÉCOLE FLAMANDE

27. — Dames et Pages.

ÉCOLE FRANÇAISE

28. — Allégorie.

29. — Paysage.

ÉGOLE FRANÇAISE

30. — Portrait de Boileau.

ÉCOLE FRANÇAISE

31. — Les filles de Boileau. Deux portraits.

ÉCOLE HOLLANDAISE

32. — La Nativité.

ÉCOLE ITALIENNE

33. — Deux Dessins à la sépia.

ÉCOLE ITALIENNE

34. — L'Ange et Tobie.

FERGURON

35. — Natures mortes; deux pendants.

FASSAUER

36-37. -- Canards ; deux pendants.

FERG (François de Paule)

38. — Port d'Orient.

> Composition de nombreuses figures et présentant la plus grande animation.

FERRATO (*Genre de* Sasso)

39. — Sainte Femme.

FICTOOR

40. — La Fileuse.

FRAGONARD (*Attribué à*)

41. — Tête de Jeune Fille.

FRANCK (*Attribué à*

42. — Les Noces de Cana.

GREUZE (*Signé*)

43. — Tête d'Enfant; esquisse à la sanguine.

GÉRARD (Baron)

44. — Portrait de Mme la duchesse de Cambacérès; esquisse.

GUILLEMANS

45. — Fruits.

HOET (*Attribué à* Gérard)

46. — Nymphe et Satyre.

HOET (Gérard)

47. — Paysages animés de figures; deux pendants.

HOET (Gérard)

48. — Hercule blessé.

> Les dieux et les déesses l'entourent, l'Amour lui serre sa sandale.

HOREMANS

49. — Scène de cabaret.

HOREMANS

50. — La Rixe.

Pendant du précédent

HONDEKOETER (*Attribué à*)

51. — Volatiles.

HUYSUM (*Attribué à* JEAN VAN)

52. — Bouquets dans des vases..

INCONNU

53. — La Paix.

Nombreux groupes d'Amours dans un riant paysage.

54. — La Guerre.

Des Amours braquent des canons sur une ville forte.
Pendant du précédent.

INCONNU

55. — Fleurs.

JOSEPH (Frédéric-B.)

56. — Paysage et basse-cour.

JOSEPH (Frédéric-B.)

57. — Paysage.

JORDAENS (*Attribué à*)

58. — Vénus.

KABEL (*Attribué à* Van der)

59. — Cascades.

LAGRENÉE (*Attribué à*)

60. — Portrait de Jeune fille.

LANTARA

61. — Chasse.

LANTARA (*Attribué à*)

62. — Paysage.

LANTARA (*Attribué à*)

63. — Paysage.

LEPRINCA (*Genre de J.-B.*)

64. — Vénus et Vulcain.

LARGILLIÈRE (*Genre de*)

65. — Portrait du maréchal de Saxe.

LEICHNER

66. — Les Jardins de Diane.

> Dans un délicieux paysage on voit la déesse, ses Nymphes et les Amours.

LOOTEN (Jacob van)

67. — Combat de brigands.

LEMOINE (*Genre de*)

68. — Hercule et Omphale ; esquisse.

MAAS (*Attribué à* NICOLAS)

69. — Portrait d'un gentilhomme.

METZU (*Attribué à* GABRIEL)

70. — Scène d'intérieur.

> Un gentilhomme présente un verre de vin à une dame souffrante. Près d'elle un petit nègre est agenouillé et lui offre une vasque pleine de fruits.

MOREELSE (PAUL)

71. — Portrait d'homme.

MUTEL (*Signé* FÉLICIE)

72. — Portrait de Louis-Philippe.

MAREL (F.)

73. — Nature morte.

> Signé F. Marel fecit, 1654.

MAYER (C.

74. — Tireuse de cartes.

MANFREDI

75. — Jeune Dame à sa toilette.

MASCART

76. — Paysage.

MASCOTTI

77. — Intérieur de forêt; effet de soleil.

NETSCHER (*Attribué à* GASPARD)

78. — Jeune Garçon offrant une rose à une grande dame.

OUAST (PIERRE)

79. — Le Charlatan.

> La foule l'entoure et observe sa façon d'extraire la dent à un paysan.

PALAMÈDES (*Attribué à*)

80. — Gentilshommes et Grandes Dames faisant de la musique.

PIVANESI

81. — Paysage italien.

POUSSIN (*Attribué à* NICOLAS)

82. — Bacchanale dans des ruines.

POUSSIN (*Genre de* NICOLAS)

83. — Mars et Vénus.

POLLEMBURG

84. — Nymphes.

ROBERT (HUBERT)

85. — Ruines avec personnages.

RIGAUD (*Attribué à*)

86. — Portrait de Louis XIV enfant.

RIGAUD (*attribué à*)

87. — Portrait du roi Louis XIV.

ROMAIN (JULES)

88. — La Reine Mausole commandant le tombeau de son époux.

ROSE PHILIPPE

89. — Paysans à cheval conduisant des bestiaux.

SÉGHERS (*Attribué à* DANIEL)

90. — La Sainte Vierge et l'Enfant, encadrés de fleurs.

SÉGHERS (*Attribué à* DANIEL)

91. — Les Rois mages adorant l'Enfant Jésus, encadrés de fleurs.

Pendant du précédent.

SCHIDONE

92. — Christ au tombeau.

TOBAR (*Attribué à*)

93. — La Fuite en Égypte.

TIÉPOLO

94. — Neptune.

TLIRONÈSE (*Attribué à* P.)

95. — Mars et Vénus.

WITT (*Attribué à* EMMANUEL DE)

96. — Intérieur d'église.

WATTEAU (FRANÇOIS-LOUIS-JOSEPH)

97. — Vue du château de Versailles, animé de nombreuses figures.

VAN GOYER (*Genre de*)

98. — Paysage arrosé par un cours d'eau et animé de figures.

VAN DER WERF (*Attribué à* ADRIEN)

99. — Grande Dame assise devant une table.

VERNET (*Signé* H.)

100. — Cheval. Dessin à la plume.

WATERLOO

101. — Forêt.

WINKEBOONS

102. — Le Déjeuner champêtre.

> Gentilshommes et Dames de distinction, vêtus des plus jolis costumes de l'époque, festoient gaiement au bord d'une rivière.

103. — Tableaux non catalogués.

PARIS. — Impr. J. CLAYE. — A. QUANTIN et Cie, rue Saint-Benoît. — [2132]

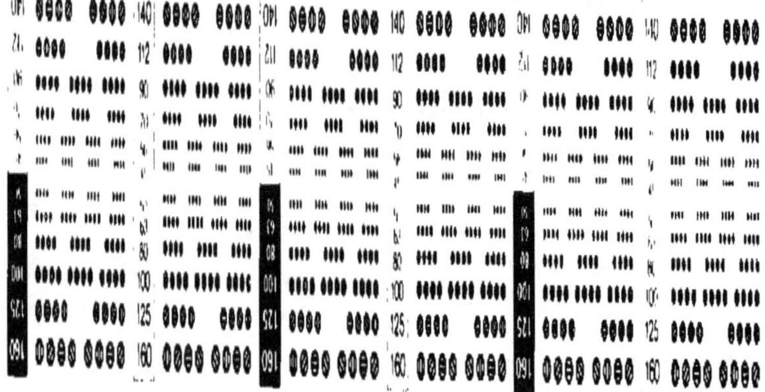

MIRE ISO N° 1
NF Z 43-007
AFNOR
Cedex 7 - 92080 PARIS-LA-DEFENSE

graphicom